Xef Submisa i altres històries

Erika Sanders
Sèrie
Dominació i submissió eròtica

Sinopsi

Aquest llibre consta de les següents històries:
Xef Submisa
Traïcionada
Millor un trio

Xef Submisa és una novel·la de fort contingut eròtic BDSM i, al seu torn, una nova novel·la pertanyent a la col·lecció Dominació Eròtica, una sèrie de novel·les d'alt contingut BDSM romàntic i eròtic .

(Tots els personatges tenen 18 anys o més)

Nota sobre l'autora:

Erika Sanders és una coneguda escriptora a nivell internacional, traduïda a més de vint idiomes, que signa els seus escrits més eròtics, allunyats de la seva prosa habitual, amb el nom de soltera.

Índex

XEF SUBMISA I ALTRES HISTÒRIES
ERIKA SANDERS

XEF SUBMISA

PRIMERA PART
CONSENTIMENT MUTU

CAPÍTOL 1

La carta va ser una benedicció.

Tot just podia contenir les llàgrimes.

Cristina acabava d'acabar els estudis culinaris i el seu nou negoci de càtering tenia un començament difícil.

Es va quedar dret al seu petit departament i va revisar cada paraula de la carta escrita a mà.

Estimada Cristina,

Espero que aquesta carta us arribi. Perdona'm, però no faig servir el correu electrònic. I generalment no m'agraden les trucades telefòniques. Estic passat de moda.

Sóc conegut de la teva mare. Ens vam conèixer breument a la festa d'un amic mutu fa unes quantes setmanes. La teva mare va esmentar casualment el teu negoci de càtering diverses vegades. Ho vaig pensar i sona interessant. Mai he contractat un proveïdor de càtering abans.

Si estàs interessada en un nou client, contacti'm i potser podrem arribar a un acord. Sóc un cuiner terrible. I vaig sentir que ets molt bona.

Els meus millors desitjos i bona sort amb el teu negoci,
Paul

Finalment, va pensar ella. La bona sort començava a venir pel camí.

CAPÍTOL 2

Una setmana després.

Cristina conduïa pel ric veïnat al seu vell i atrotinat automòbil.

Clarament cridava l'atenció, però no li feia res.

Estava feliç de ser en aquest veïnat per a un possible treball potencial.

Va aparcar a l'entrada de la direcció que li havien indicat.

No tenia idea de com es veia en Paul.

La seva única interacció real va ser una breu trucada telefònica per organitzar la reunió.

Cristina va trucar a la porta.

Va respondre una anciana negra.

La dona duia un vestit de serventa.

La dona va romandre estranyament callada mentre es miraven.

"Hola", va dir Cristina matusserament. "Sóc aquí per veure Paul".

L'anciana negra va assentir.

"Entre per aquí."

Cristina va entrar i la criada va tancar la porta.

La criada la va conduir per les escales d'una casa força gran.

Cristina va mirar al seu voltant amb ulls plens d'enveja.

Tot era antic, fosc i rústic.

Hi havia antiguitats per tot arreu.

Pintures clàssiques s'exhibien a les parets.

Van arribar a un passadís i la criada va obrir una porta després de tocar primer.

Cristina va entrar, després la criada se'n va anar.

Era una sala d'oficina.

Paul estava assegut darrere del seu escriptori treballant.

Era un home guapo d'uns 40 anys.

Tenia una expressió a la cara com de pedra que era impossible de llegir.

La seva cara era perfecta per al pòquer.

El seu rostre va romandre inexpressiu.

"Si us plau, pren seient", va dir.

Cristina estava intimidada per la seva presència i per la seva manca d'experiència empresarial.

Mai abans no havia tancat un tracte.

Ella es va asseure davant del seu escriptori.

"Has de ser nova en aquesta línia de treball", va dir.

"Per què dius això?"

"Vaig poder sentir el teu nerviosisme quan vas entrar. Hauries d'intentar relaxar-te. Tranquil·la, estic per ajudar-te en allò que necessitis".

Ella va esbossar un somriure incòmode.

"Ho tindré en compte."

"Està bé. Ara explica'm sobre el teu negoci de càtering."

"Bé, encara és força nou", va dir després de pensar-ho una mica. "Puc preparar menjars per satisfer les seves preferències específiques. Si necessiteu càtering per a una festa, puc contractar persones addicionals. Tinc molts amics de l'escola culinària".

"Això no serà necessari. Prefereixo que treballis sola. Hi ha menys problemes d'aquesta manera".

Cristina va assentir amb el cap.

"Suposo que vius sol i vols que et prepari els àpats".

"Molt astuta".

"Teníes un acord específic en ment?"

"Això depèn", va respondre Paul. "Estàs ocupada?"

Ella li va fer un somriure avergonyit.

"Al contrari. Ets el meu primer client real. He fet petites coses aquí i allà. Principalment per a amics de la meva mare que m'estaven fent un favor".

"Vols un consell comercial gratuït? Mai revelis una debilitat. No sona bé".

"Oh, és clar. Ho recordaré".

"Quant a un acord", va respondre Paul. "Podries preparar-me els àpats? Dinar i sopar".

"És clar. Això no serà un problema".

"Excel·lent. M'agradaria que m'entreguessin els àpats a casa meva a les 11:30 del matí en punt. De dilluns a divendres".

"Per descomptat", va assentir ella.

"Aquest acord, com a mínim, durarà els propers mesos. Qualsevol de nosaltres té l'opció de cancel·lar l'acord en qualsevol moment. Entès?"

"Sí, entenc."

"Excel·lent."

"Tens alguna preferència pels menjars?" Cristina va preguntar. "Les meves especialitats inclouen francès, italià i diferents estils d'Àsia..."

Va sacsejar el cap.

"Això no importa. Només porta-la a temps".

"Bé."

"Ara discutim els números. Com et sonen 100 dòlars per dia? És just?"

Els ulls de Cristina es van obrir.

La feina i la quantitat oferta era molt més del que esperava.

Es va adonar que devia semblar una ximple amb una expressió de cadelleta a la cara, així que va recuperar les maneres.

"Això sona raonable", va respondre amb calma. "Si, està bé."

"Llavors està arreglat. Pots començar demà?"

"No hi ha problema. Però estàs segur que no vols tastar la meva cuina primer?"

"Francament, no m'importa el sabor del menjar. Vas anar a l'escola culinària. Això per mi és prou bo. No vull preocupar-me pel menjar mentre estic treballant".

Cristina va assentir amb el cap.

"Està bé. Entenc. Et puc preguntar què és el que fas? La teva casa és bella. M'encanta l'ambient rústic".

"He fet diverses coses a la meva vida. Aquests dies sóc comerciant d'art. També tracto amb antiguitats rares. De moment, m'estic centrant en els meus escrits".

"Què escrius?" ella va preguntar.

"Unes memòries. No pretenc ser algú famós o important. Però tinc algunes històries per compartir. Seria una pena que ningú les escoltés. També estic treballant en alguns llibres de ficció".

"Oh, sona interessant. Potser els podrà llegir algun dia. M'encanta llegir biografies i memòries".

Paul va esbossar un lleu somriure.

"No crec que t'interessi".

"Per què no?"

"És una suposició. Però qui sap? A vegades m'equivoco sobre aquestes coses".

"Està bé", Cristina va assentir matusserament.

Paul es va aixecar i va caminar cap a Cristina.

Ella va entendre i es va posar dreta també.

Paul era gairebé un peu més alt que ella.

El seu físic s'alçava sobre el cos prim i petit de Cristina.

Ell va estendre la mà i es van donar una encaixada de mans.

"Oficialment tenim un tracte", va dir. "Espero la primera sèrie de menjars demà a les 11:30 del matí. No arribis tard. No tolero la desobediència".

Ella va empassar saliva.

"Sí senyor."

CAPÍTOL 3

Cristina seguia impressionada per la reunió amb Paul.

Es va ficar al llit al llit i va mirar al sostre.

L'oferta semblava massa bona per ser veritat.

Era gairebé increïble.

Però temia que hagués estat una broma cruel, pensava.

Va aixecar el telèfon i va trucar a la seva mare.

La seva mare sempre responia les trucades en uns quants tons.

Quan va contestar al telèfon, Cristina no va perdre el temps i els ho va explicar tot.

No es va escatimar cap detall.

Cristina li va explicar a la seva mare tot sobre l'oferta i totes les sensacions que va tenir en conèixer Paul.

"Això és meravellós", va respondre la seva mare.

"Ho sé. És una cosa boig, oi? Però no creuré res d'això fins que els seus diners estiguin a la mà. Fins llavors, imagino el pitjor".

"Concentra't en pensaments positius, Cristina. El teu negoci finalment s'està enlairant".

"Això espero. Vull dir, ¿100 dòlars al dia per dos àpats? Fins i tot si m'acomiada la setmana que ve, encara m'alegraré d'haver guanyat tants diners".

"Jo no em preocuparia per això".

"Què vols dir?" Cristina va preguntar.

"Aparentment, Paul té bones reserves econòmiques".

"Em vaig adonar. Casa seva era com un museu".

"Aquí ho tens. No has de preocupar-te que les seves finances s'acabin. Només mantingues-ho content amb excel·lents menjars, excel·lent servei i no arribis tard".

"Què saps sobre aquest tipus?" Cristina va preguntar en un to més seriós. "Sembla una mica estrany, no?"

La seva mare va pensar per un moment.

"D'alguna manera. Només el vaig conèixer una vegada en una festa. És un paio molt intel·ligent. Sense ximpleries. Directe".

"Definitivament és ell", va dir fent broma Cristina.

"No obstant, no ho subestimis. Aparentment és un encant amb les dames".

"De veritat?"

"Això és el que he sentit. Assegura't de mantenir-te allunyat del seu encant irresistible", va dir fent broma.

"Molt graciosa", va respondre Cristina. "No obstant, definitivament no és el meu tipus. Massa vell. I massa avorrit".

"M'alegra que el teu negoci hagi tingut un gran començament".

"Ja veurem."

"Concentra't en pensaments positius, Cristina".

CAPÍTOL 4

Van passar les setmanes.

Cristina ja havia preparat dotzenes de menjars per a Paul.

I ella havia guanyat milers de dòlars durant aquest temps.

La rutina diària era sempre la mateixa.

Llevar-se d'hora al matí.

Cuinar.

Col·locar tot acuradament en contenidors.

Portar-lo a casa de Paul abans de les 11:30 del matí.

Mai no arribar tard.

I mai desobeir.

Un dia se li va demanar a la Cristina que preparés el dinar, que havia portat, en un plat a la cuina.

Aleshores ella ho va fer.

Era la primera vegada que feia tasques a la cuina de Paul.

Estava orgullosa del menjar.

Sabia que sabia molt bé, encara que Paul no l'havia felicitat mai per ella.

Ell va baixar les escales amb roba casual.

Com sempre, el seu rostre era gairebé inexpressiu.

Va mirar el menjar presentat a la taula del menjador i no es va molestar a comentar-lo.

"Hauria d'anar-me'n ara?" Cristina va preguntar matusserament.

"Queda't un moment. Hi ha alguna cosa que et vull preguntar".

"Bé."

Paul es va asseure a la taula del menjador mentre Cristina estava dreta.

"Quins altres serveis ofereixes?" va preguntar. "A més de cuinar".

Cristina es va sorprendre i es va mantenir ferma.

Es va preparar per a més insinuacions.

Estava preparada per a l'assetjament sexual.

"Brindo un servei de càtering honest. Cuino menjars gurmet. Això és tot. Si està buscant altres serveis, li suggereixo que busqui en una altra banda".

"I per què és això?" va preguntar amb severitat.

"Honestament, no ets el meu tipus".

"Tu tampoc no ets el meu tipus".

Es va sentir encara més ofesa.

"Mira, crec que el nostre arranjament està funcionant bé. Mantinguem-ho així. Qualsevol altra cosa no funcionarà".

"Creus que estic sol·licitant favors sexuals?" va preguntar.

Cristina es va congelar.

"No és així?"

"No ho crec."

La seva cara es va posar vermella com la remolatxa.

"Oh, ho sento senyor".

"Oblida'l", va respondre. "Ho pregunto perquè la meva criada es jubilarà aviat. Si tens temps extra, llavors potser em podries ajudar amb les meves tasques de neteja".

"Què hauria de fer?"

"Res difícil. Netejar els plats. Mantenir-ho tot net".

"Hauré de pensar en això."

"Seràs ben compensada, és clar", va respondre. "I no et preocupis, no et demanaré sexe. No ets el meu tipus".

Ella es va posar vermell de nou.

"Ho sento per això d'abans. Però ho consideraré. Per què no?"

"Tingues en compte l'oferta. La meva feina està funcionant sense problemes i agrairia una mica d'ajuda amb el manteniment de la llar".

"No surts molt, oi?"

"Ja vaig viatjar pel món i ho vaig veure tot", va respondre. "En aquesta part de la meva vida em concentro en els meus escrits. De vegades surto.

Encara m'encanta fer exercici. Però no vull preocupar-me pel manteniment de la llar. Semblas una jove capaç, així que t'ofereixo feina extra".

Cristina va assentir amb el cap.

"Això és molt generós de la teva part."

"Amb els diners extra, podries comprar-te un nou guarda-roba i un acte nou".

Ella es va sentir una mica molesta per aquest comentari.

"Ho entenc. Necessito diners. No m'ho has de refregar".

"No estava intentant fer-ho".

"Bé. Ho faré. Faré algunes tasques addicionals de neteja per a tu".

"Excel·lent", va respondre amb un rar somriure. "Discutirem el terra més tard".

Ella va caminar cap a Paul i va estendre la seva mà per a una encaixada de mans.

Paul es va aixecar com un cavaller i li va donar la mà.

El tracte estava segellat.

SEGONA PART
LA PORTA TANCADA

CAPÍTOL 5

Cristina va aconseguir trobar alguns altres clients per a algunes feines petites.

Però la major part del seu treball ho feia per a Paul.

Ella preparava els àpats cada dia de la setmana.

Amb el temps, ella va començar a fer més feines per a ell.

Ella feia petites feines de neteja per alguns diners extra.

Cristina sempre havia estat una persona desorganitzada per a tasques domèstiques, per la qual cosa li resultava irònic que estigués fent les feines de la llar per a una altra persona.

Però els diners eren bons, així que no li importava.

Els plats s'havien de netejar i disposar de certa manera.

Les finestres havien de ser impecables.

Els mobles havien d'estar lliures de pols.

Paul netejava els pisos ell mateix.

Paul era una persona molt particular.

I aquests trets trasbalsaven Cristina de vegades.

Però els diners eren bons.

En certa manera, Cristina se sentia orgullosa d'ajudar en Paul.

D'alguna manera estranya, sentia com si estigués ajudant Paul a assolir el seu objectiu de poder escriure els seus llibres.

Ella es preocupava per ell com a persona.

CAPÍTOL 6

La taula del menjador estava endreçada.

El dinar estava preparat.

Cristina va mirar el plat i va admirar el seu bell treball.

L'escola culinària havia valgut la pena.

No podia esperar que Paul ho prové s, malgrat que Paul mai no donava complerts.

Paul arribava inusualment tard al dinar.

Mai no arribava tard.

La porta de dalt estava lleugerament oberta i Cristina escoltava com el teclat es feia servir furiosament.

Ella sabia que ell encara estava ocupat.

Ella va caminar cap a l'escala i va pensar si ho hauria de trucar o no.

Ella no volia interrompre la feina.

Però ella sabia que en Paul era un home que necessitava l'ordre.

Potser va perdre la noció del temps?

Aleshores ella la va veure.

A prop de l'escala, la porta era oberta, lleugerament oberta.

Era una habitació que Paul havia dit que estava prohibida.

Paul volia que netegés totes les habitacions excepte aquesta habitació.

La curiositat de Cristina va assolir el punt màxim.

Encara escoltava Paul escrivint a dalt.

Ella volia fer una ullada a l'habitació secreta.

Volia conèixer els petits secrets de Paul, sense importar com de petits siguin.

Ella hi estava interessada.

Estava interessada en l'home que havia estat servint durant setmanes.

Va fer uns passos tranquils cap a la porta.

Ella va treure el cap cap a dins.

La cambra era fosca.

Va encendre l'interruptor de la llum i l'habitació va quedar brillantment il·luminada.

Per a sorpresa de la Cristina, l'habitació era el lloc menys elegant de la casa.

Però tot semblaven antiguitats.

Va entrar i va mirar al seu voltant.

Hi havia una varietat de dispositius de fusta i metall.

Els dissenys semblaven ser de lèpoca medieval.

Els aparells semblaven prou grans com perquè una persona s'assegués o se n'anés a dormir.

Diversos fuets i cadenes estaven penjant a la paret.

Hi havia moltes sogues en una taula propera.

Cristina va fer servir el seu dit per tocar un dispositiu de metall.

Li va passar el dit i se'l va mirar.

La punta del dit estava coberta d'una capa fina de pols.

L'habitació no havia estat utilitzada en gaire temps.

"No hauries de ser aquí", va dir Paul des del darrere.

Cristina va ser presa per sorpresa pel so de la seva veu i va fer un respingo.

Es va girar per veure Paul dret al costat de la porta.

"Oh, ho sento."

"No vaig dir que aquesta habitació està fora de les teves tasques?" va preguntar, caminant casualment a dins.

"Ho sé. Però estava oberta i vaig tenir curiositat. Vaig pensar que potser volies que la netegés".

"No. Estava planejant netejar-la jo mateix més tard".

Cristina va empassar saliva.

"El teu menjar està a punt. Està començant a refredar-se".

"Pot esperar", va respondre, caminant dins de l'habitació per mirar els dispositius. "T'has de preguntar què és tot això".

"Sembla una càmera de tortura medieval".

"Tens gairebé raó. Algunes d'aquestes coses van ser construïdes fa segles durant l'època medieval. Però no necessàriament per a la tortura".

"Llavors per què?"

"Plaer. Plaer sexual", va respondre sense embuts.

Cristina es va sorprendre.

"No puc imaginar-me com. Aquestes coses es veuen tan doloroses".

"Aquest és el punt."

"Llavors són dispositius d'esclavatge, bàsicament?"

Ell va assentir.

"Aquests fetitxes han existit durant segles. Pots creure que aquests dispositius van ser construïts per a les famílies reals i la noblesa?"

"No em sorprendria. La majoria de les persones riques són una mica depravades".

Ell va aixecar una cella.

"Això m'inclou a mi?"

"Oh, no, no em referia a tu", ella va retrocedir ràpidament.

"Només estava fent broma."

Cristina es va relaxar.

"Per descomptat. Aleshores, per què estan totes aquestes coses tancades en aquesta habitació? Per què no les vens a un museu o alguna cosa així?"

"Potser algun dia. Però per ara, estic escrivint sobre elles al meu llibre. També estava planejant fer-los fotos. És per això que l'habitació estava oberta".

"El teu llibre ha de ser interessant".

"Això espero", va respondre. "He estat escrivint sobre sexe. Del tipus de dominació i esclavatge sexual".

Cristina va arquejar les celles.

"¿De debò? No sembles el tipus d'home per a aquest tipus de coses".

"Aleshores, quin tipus de noi em semblo?"

"No ho sé. Tou. Maduixa. Sense ofendre".

"Cap ofensa", va respondre. "Era una persona molt diferent fa anys. No sempre vaig estar tan reclòs".

"Què va canviar?"

Paul es va fregar els dits contra un dispositiu de metall.

"És una llarga història. Pots llegir el meu llibre quan l'acabi d'escriure".

"Bé, ho espero amb ànsies. Sembla que tens algunes històries interessants per explicar".

"Saps què és un Amo?" va preguntar.

"Només el que és bàsic", va arronsar les espatlles. "Un paio que mana a les dones. Làtigues. Cadenes. Nalgadas. Aquest tipus de coses, oi?"

"Més o menys. He estat un Amo per a moltes dones submises. Dones belles amb desitjos foscos".

"Els vas pegar?" ella va preguntar amb curiositat.

"De vegades."

"Què passa amb aquests dispositius?" ella va preguntar. "Alguna vegada els vas fer servir a les teves esclaves?"

"Ocasionalment. Però els mètodes no són importants. No es tracta de les natges o els dispositius. Es tracta de la rendició. Elles em lliuren els seus cossos. I faig el que vulgui amb ells. Al final, el plaer és mutu".

Cristina va guardar silenci per un moment.

Va mirar Paul directament als ulls i va saber que cada paraula que estava dient era veritat.

Ella sabia que era una cosa amb què Paul tenia experiència.

Ella sabia que era una cosa que Paul enyorava fer-ho de nou.

"El teu menjar s'està refredant", va dir.

"Això és tot el que t'importa?"

Ella es va congelar un moment.

"Bé, el càtering és per al que em vas contractar, ¿oi?"

"Ets una noia intel·ligent", va dir amb un lleu somriure. "Estàs començant a agradar-me."

Paul es va acostar i va donar a Cristina un copet amistós a l'espatlla.

Després es va girar i va sortir de l'habitació mentre Cristina es va quedar confosa per l'incòmode encontre.

Ella el va seguir al menjador i el va observar menjar.

CAPÍTOL 7

Més tard aquella mateixa nit.

Era la trucada telefònica que Cristina havia temut que arribés durant els darrers mesos.

"Com?!" Cristina va preguntar.

"Finalment és l'hora", va respondre la mare. "El teu pare i jo ja no et recolzarem financerament. Sentim que ets prou gran per valdre't per tu mateixa".

"T'adones que viure a la ciutat és car, oi?"

"Afecte, ningú t'obliga a viure a la ciutat. Sempre pots acostar-te a casa i trobar alguna cosa més barata on viure".

"No, gràcies", va sospirar Cristina.

"No sé per què estàs actuant tan sorpresa. T'he estat posant sobre avís durant els darrers mesos. Quan tenia la teva edat, jo..."

"Els temps han canviat la mare. Has vist les notícies? Aquesta situació economia és difícil. El cost de vida és una bogeria"

"Però el teu negoci s'està enlairant", va respondre la seva mare.

"A penes."

"Necessites ser una mica més experta en negocis si vols tenir èxit. Hi ha tants clients potencials a la ciutat. Tot el que has de fer és trobar-los. Ets un gran cuinera i una bona persona. Tinc fe en tu, Cristina".

"Sí, tens raó. Estava pensant a anar a contactar amb diverses companyies per veure si necessiten càtering per a festes".

"Aquest és l'esperit emprenedor", va respondre amb orgull la mare.

"Si la vida fos tan fàcil".

"Les coses bones vénen quan ets persistent. Parlant d'això, segueixes treballant amb Paul? Com va això?"

"Va bé", va dir Cristina vagament.

"I bé? Això és tot? Algun detall interessant?"

"En realitat no. Cuino per a ell cinc dies a la setmana. Em paga molts diners pel servei que brindo. És una mena de tipus estrany".

"Mira qui parla", va fer broma la seva mare.

"Graciosa."

"Només estic fent broma. Tens raó. Paul sembla una mica distant. No obstant, és un paio intel·ligent".

"Definitivament és una persona interessant", va respondre Cristina. "I ell em manté empleada. Així que no em puc queixar".

"Tampoc ho hauries de fer. Si vols que el teu negoci creixi, sempre has de deixar satisfets els teus clients. Això sempre va funcionar per a mi".

Cristina es va aturar un moment.

"Saps, m'acabes de donar una idea".

"No estic segura que m'agradi com sona això".

"Gràcies mare. Ets la millor".

"Bé, cuida't, Cristina. Sempre t'estic recolzant. T'estimo".

"Jo també t'estimo la mare".

Després que va acabar la trucada, Cristina tenia un ferm sentit de resolució.

Estava decidida a tenir èxit sense l'ajuda dels pares.

CAPÍTOL 8

L'endemà.

Cristina va esperar atentament mentre Paul es menjava el dinar.

Ella va netejar la cuina i es va encarregar d'algunes feines domèstiques per a ell.

Quan Paul va acabar de menjar, ella va tornar al menjador i li va treure el plat.

Abans que Paul tingués l'oportunitat d'anar-se'n, ella es va aturar davant de la taula del menjador amb una postura respectuosa.

"He estat pensant", va dir la Cristina amb les mans juntes. "Aquest acord realment ha funcionat bé. He estat ocupant-me de la majoria dels teus menjars i tasques domèstiques, i per tal que puguis concentrar-te en la teva feina".

Paul es va tirar enrere, sabent que s'acostava una proposta.

"Estic d'acord. Això ha estat funcionant bé. Millor del que esperava".

"Llavors, com et sentiries si volgués expandir les meves tasques aquí? Per diners extra, per descomptat".

"Ja estàs fent més del que necessito. I ja t'estic pagant un salari extremadament generós".

"Estimo això", va dir Cristina cortesament. "Però et beneficiaries més si fes més coses per tu. El toc d´una dona sempre és útil per a un home solter".

Paul va pensar per un moment.

"És un punt interessant. Continua".

"Estic segura que hi ha moltes altres coses que podria fer per tu".

"Com què?"

Cristina va quedar pensativa per un moment.

"Bé, això depèn de tu. Potser podria netejar aquests dispositius de l'habitació tancada. Aquesta habitació estava polsosa. Podria fer una feina extra de neteja. I potser podria organitzar una festa per a tu".

"Per què de sobte estàs tan interessada en més diners?" Paul va preguntar.

"Crec que et podries aprofitar del toc d'una dona. Pensa en totes les festes que podries organitzar. A la gent li encantaria el menjar. La teva vida social seria genial".

"Digues-me la veritat. Per què necessites diners extra?"

Cristina va fer una pausa per un segon.

"Els meus pares no em donaran més efectiu. I el lloguer en aquesta ciutat és aclaparador. Si hi ha alguna cosa més que necessitis que faci per aquí, estaria feliç de fer-ho".

Paul va assentir amb simpatia.

"M'agrades com a persona, Cristina. Treballes dur i et diverteixes fent-ho. Però no et donaré diners gratis, especialment quan ja t'estic pagant generosament".

"Entenc", va respondre Cristina, tractant de contenir la seva tristesa. "Gràcies per escoltar-me de totes maneres. Tornaré demà".

"Encara no he arribat al meu punt final", va afegir. "Intentaré pensar en alguna cosa. Una cosa adequada per a les teves habilitats i atributs. Quan trobi alguna cosa, t'ho faré saber, i seràs recompensada per això. Sona just?"

Ella va somriure.

"Sona genial".

CAPÍTOL 9

Els dies van anar passant.

Paul mai no va fer una oferta.

Cristina no li va preguntar mai perquè no volia ser una molèstia.

Ella preparava el dinar de Paul com ho feia normalment.

Paul va baixar les escales al menjador abans del que és habitual.

Va seure i va esperar mentre Cristina encara estava preparant-ho tot.

"Es veu bé", va dir quan Cristina va portar el plat de menjar.

Realment es va sentir com un moment estrany que ell la felicités.

"Gràcies. És xai rostit amb una guarnició de verdures al forn".

Paul va acostar un seient al seu costat.

"Seu. Hi ha alguna cosa que vull discutir amb tu".

Cristina es va asseure i va esperar el que havia de dir.

"He pensat en la teva petició per a més feina", va dir. "Especialment sobre la necessitat d'un toc femení per aquí. De tota manera, aniré directe al gra, podria fer servir alguna cosa teva d'inspiració per als meus escrits".

"Inspiració? Com és això?"

"Potser podries posar per a mi. He estat lluitant amb el bloqueig de l'escriptor darrerament i em podria ajudar alguna cosa per mirar".

Cristina va donar una expressió aprensiva.

"Estàs segur que no vols que organitzi una festa per a tu o alguna cosa així? Això probablement funcionarà millor".

"No estic interessat a organitzar una festa", va respondre, recollint-se a la seva cadira. "Ho sento, només vaig preguntar. Va ser inapropiat".

Ella va pensar per un moment.

"Quants diners oferiries?"

"Tot depèn."

"De?"

"De la feina que fassis", va dir. "No havia contractat mai un model. Però sé que ajudaria amb els meus escrits".

"Oh, bé, ho tindré en compte".

"No ho facis. Va ser un error preguntar. Si no et fa res, m'agradaria menjar ara. Tinc altres coses a fer més tard".

"Ho faré!" Va explotar Cristina.

"Què?"

"El treball de modelatge que em vas oferir. Ningú ho sabrà, oi? Es queda estrictament entre nosaltres, oi?"

"Així és", va assentir. "No hi haurà cap registre. Només necessito la inspiració".

"Estic interessada."

Paul va donar un lleu sospir.

"No crec que entenguis. Vaig ser apressat a la meva oferta. No crec que els meus gustos siguin per a tu".

"Per què no?"

"Perquè et veies molt incòmoda a la sala de dominació".

Cristina estava una mica desconcertada.

De cop i volta es va adonar que Paul estava buscant inspiració per a les seves històries de dominació.

Però, independentment d'això, va pensar en els diners.

"Puc aprendre a sentir-me còmoda amb això", va respondre ella. "Només dóna'm temps. Mentre ningú ho sàpiga, estaré bé".

Paul li va fer una mirada llarga i escèptica.

"Com vulguis. Presenta't aquí demà a dos quarts de nou del matí. Resoldrem les coses a partir de llavors".

"Gràcies."

Cristina es va aixecar i va estendre la mà per una encaixada de mans.

Paul va estendre la mà i li va estrènyer la seva.

CAPÍTOL 10

Més tard aquesta mateixa nit.

Cristina era a la cuina preparant els àpats per al dia següent.

Sabia que no tindria temps de fer-ho l'endemà ja que Paul esperava que ella fos allà a dos quarts de nou del matí.

Després que tot va estar preparat, Cristina es va mirar al mirall.

Es va preguntar si era prou bonica per modelar per a Paul.

Es va preguntar quines sorpreses hi hauria a la sala.

Si seria dolç o no.

I es va preguntar de quants diners estaríem parlant.

Paul sempre havia estat generós amb els pagaments financers.

Sobretot, es va preguntar quanta dominació volia veure Paul.

El costat racional de Cristina controlava la situació: els diners són bons.

I ningú ho sabrà mai.

El meu petit secret amb en Paul.

Es va despullar i es va tastar uns vestits bonics davant del mirall del dormitori.

Finalment es va decidir per un senzill vestit groc.

No era gaire revelador.

I no era gaire mojigat tampoc.

Era el mig just.

Es va raspallar els cabells i va pensar en quant maquillatge utilitzar.

Aleshores ella va decidir no fer-ho.

Faria la situació massa incòmoda.

Tot estava disposat.

Ella estava llesta per a la feina.

CAPÍTOL 11

El matí del dia següent.

Cristina va aparèixer a casa de Paul a dos quarts de vuit.

Ella volia assegurar-se que estar preparada amb antelació.

Ella portava el vestit groc.

El seu cabell estava ben pentinat i el rostre estava net de maquillatge.

Ella ja era bonica de manera natural.

Després que Cristina va col·locar els contenidors de menjar dins del frigorífic a la cuina, es van asseure junts a la sala privada, als aparells de fusta.

"Què tens al cap?" Cristina va preguntar.

"Depèn. Quins són els teus límits?"

Cristina va arronsar les espatlles.

"No ho sé. Mai he fet aquest tipus de coses abans".

"Llavors suposo que serà millor que ho descobrim".

Els ulls de Cristina van tornar a recórrer l'habitació.

Era l'habitació més insulsa de casa.

Les parets estaven llises.

Però hi havia dispositius antics de diverses mides i formes.

Tots semblaven tan intimidants.

"Mantinré la ment oberta", va dir. "Però no m'agrada el dolor. I no vull que em pressionis massa ràpid. No hi ha necessitat d'afanyar-se. D'acord?"

Ell va assentir.

"Gràcies per ser clara. Has de saber que sóc un home molt pacient. Ho he fet durant molts anys amb innombrables dones submises. Mai pressiono més a menys que ella estigui a punt".

Aquestes paraules van enviar un estrany sentiment per la columna de Cristina.

No podia deixar de pensar en la frase "dones submises".

En qüestió d'un moment, ella es va adonar que podria estar molt bé en la mateixa posició que aquestes 'dones submises'.

"Està bé", va assentir ella. "Gràcies. Aleshores, com hauríem de començar?"

Paul es va aixecar i va passejar lentament per l'habitació, mirant cadascun dels dispositius mentre Cristina estava asseguda en una posició recatada.

Ell mirava cada dispositiu de tal manera que va posar nerviosa Cristina.

"Alguna vegada has estat lligada abans?" Paul va preguntar.

Cristina va sacsejar el cap.

"Òbviament no."

"T'agradaria estar-ho?"

"No ho sé."

Va fer un gest cap a la taula de fusta.

"Per què no ho intentem?"

"No ho sé", ella va arronsar les espatlles nerviosament.

"¿És això massa per a tu? Necessito veure alguna cosa per inspirar-me. Observar-te asseguda allà no m'ajudarà gaire".

Cristina es va aixecar lentament i va respirar profund.

"Faré el que vulguis."

"Estàs segura? Cristina, no vull que facis alguna cosa amb la qual cosa no et sentis còmoda. Puc trobar altres maneres de pagar-te".

Ella va prendre una altra respiració profunda.

"No, n'estic segura. arribem a un acord per modelar, i tinc la intenció de seguir endavant".

"Estàs segura?"

"Si totalment."

"Llavors recuesta't", va dir Paul, assenyalant cap a la taula de fusta.

La taula es veia dolorosament incòmoda.

Semblava vella i rústica.

Però era prou baixa perquè una persona pogués ficar-se al llit fàcilment sobre ella.

Hi havia velles barres de metall a cada costat de la taula, cosa que donava a Cristina una sensació incòmoda.

Posant els sentiments de banda, es va recolzar sobre la taula.

Va ser dolorós i incòmode com ella esperava.

Estava convençuda que la taula estava dissenyada per a la tortura, no per al plaer.

Es va preguntar com algú podria sentir plaer per això.

Es va estirar al centre de la taula i va mirar directament al sostre.

"Et lligaré les nines", va dir ell, parant-se sobre el seu cap.

Ella va romandre en silenci durant un moment mentre mirava la figura de Paul aturada sobre ella.

"Està bé", va respondre ella, aixecant les nines. "Endavant."

Paul va prendre suaument les seves nines i les va portar a la barra de metall sobre la taula.

La barra estava freda com ella esperava.

La textura contra la seva pell no era gaire suau, cosa que era un senyal que la barra es va fer fa molt de temps, abans de la maquinària moderna.

Va sentir que li lligava les nines a la barra amb una corda gruixuda.

Cristina no es va molestar a mirar.

Ella va mantenir els ulls al sostre.

"Dol?" va preguntar.

"No, estic bé."

Els seus passos es van sentir per l'habitació.

Cristina no es va molestar a mirar Paul.

Però es va preguntar què devia pensar Paul.

Veure-la amb un bonic vestit, amb les nines lligades, deu ser excitant per a Paul, va pensar.

"Digues-me una altra vegada", va dir. "Quin és el teu límit?"
Ella va empassar saliva.
"Simplement no em facis mal".

"Puc obrir el teu vestit?" va preguntar amb veu suau.

"No, això no."

"Llavors suposo que tens altres límits", va respondre amb una lleu sensació de diversió.

"Suposo."

"Puc tocar-te?" va preguntar. "Està perfectament bé si et negues. Però ja que hem arribat fins aquí, i certament et veus atractiva".

"Si vols", va respondre tímidament.

"No es tracta del que vull. Es tracta del que et sentis còmoda".

Va lluitar amb els seus pensaments per un moment.

"Estic còmoda amb això. Està bé. Endavant, si vols. Vull dir, estic còmoda amb això".

"Estàs segura, Cristina? No et vull pressionar si no estàs còmoda".

"Sempre que tu, ja saps..."

"Sempre que et compensi financerament?" va preguntar, mig divertit.

El seu to i fraseig van fer que Cristina se sentís encara més incòmoda.

"Sí", va respondre ella.

"No t'has de preocupar per això".

Cristina esperava alguna broma sarcàstica més en resposta, però Paul havia acabat de parlar.

Ell va caminar cap a ella mentre continuava ajaguda sobre la taula.

Cristina el va veure mirant el cos.

Estava clarament nerviosa.

Ella no sabia què estava planejant.

Els seus ulls es van delectar i van vagar pel seu cos.

Finalment es va decidir.

I va fer el seu moviment.

Paul es va ajupir i va tocar el genoll de Cristina.

Va ser un toc sobtat que la va prendre per sorpresa.

Ella es va estremir.

"Estàs bé, Cristina?"

"Estic bé. Simplement, no esperava això".

Ell va lliscar la mà més avall per la cuixa.

La seva mà va lliscar més profundament fins que va quedar sota la seva faldilla groga.

A Cristina l'incomodava, però també la feia sentir un formigueig entre les cames.

Els seus ulls romanien enfocats al sostre.

"T'importa si continuem més?" va preguntar. "Ja hem arribat fins aquí".

"Endavant. No m'importa".

"Estàs segura?"

"Estic segura."

Paul va aixecar la faldilla de Cristina i la va empènyer cap amunt.

Les seves calces estaven exposades.

Paul va lliscar la seva mà sota les calces de Cristina.

Naturalment, ella es va estremir de nou, però es va contenir.

La mà de Paul va fregar la seva entrecuix.

El cos i els peus de Cristina es van tensar.

"T'has de relaxar", va dir Paul. "En cas contrari, això no servirà per a gaire".

"Bé."

Cristina va fer tot el possible per relaxar el cos.

Els seus ulls romanien al sostre.

Se sentia massa avergonyida per mirar Paul.

Ella simplement li va permetre acaronar la seva entrecuix.

Ella va panteixar quan Paul va jugar amb el seu clítoris.

Va ser un moviment que no havia esperat.

El seu instint natural era assolir i allunyar la mà de Paul, després cobrir-se, i després bufetejar Paul a la cara, però les cordes al voltant dels seus canells estaven estretes.

Ella va fer una suau estrebada, però va ser en va.

"Estàs tractant de sortir?" Paul va preguntar. "Si vols sortir, només digues-m'ho i et deslligaré immediatament".

"Ho sento. Va ser una reacció instintiva".

"Bé, no reaccions així. Aquesta no és la reacció que vull".

"Està bé perdó."

Els dits de Paul es van moure amb un furiós moviment circular sobre el clítoris inflat.

Cristina no va tenir més remei que panteixar.

Estava massa sorpresa per contenir els seus sentiments.

Els dits no es van aturar.

Va ser un bonic plaer.

Ella va tancar els ulls i va gaudir del plaer de Paul.

Va ser una sensació de formigueig que va fluir pel cos.

"Puc dir que ets a prop", va dir. "Relaxa't. Gairebé s'ha acabat".

Amb els ulls encara tancats, Cristina es va permetre gaudir dels dits de Paul mentre es delectaven amb el seu delicat i petit clítoris.

Van passar moments abans que els dits de Cristina es posessin rígids.

Curts sorolls panteixants van escapar dels seus llavis.

Els seus ulls es van estrènyer amb força.

Els seus músculs es van contreure.

Va ser un orgasme ben merescut per totes les tensions a la seva vida.

Finalment, el seu cos es va relaxar i Paul va retirar la mà de les calces.

Ell va moure el seu vestit novament a la seva posició correcta.

Va donar un copet a Cristina a la cuixa, com si hagués fet alguna cosa bé.

"Certament ho vas gaudir", va dir Paul mentre començava a deslligar-li les nines.

Cristina es va sentir alliberada.

Es va posar dreta i es va fregar les nines, que estaven lleugerament vermelles i doloroses per la corda.

El sentiment orgàsmic va ajudar a contrarestar el dolor.

"Em va agradar", va respondre ella. "Va ser agradable. Realment agradable. Déu, no m'he sentit així en molt de temps. Vull dir, no tan bo com ho vas fer".

"M'alegra que ho hagis gaudit. Em va portar molts records, cosa que m'ajudarà amb la meva escriptura. Vas ser una petita inspiració meravellosa per a mi".

"Sempre m'alegra estar al teu servei".

"Excel·lent", va assentir. "M'asseguraré d'afegir un bo al teu xec a final de mes. Crec que ha guanyat cinc mil dòlars addicionals per això".

Sorprenentment, Cristina va sentir un sentiment de vergonya.

Ella sabia que en Paul tenia bones intencions.

Apreciava els cinc mil addicionals, que era molt més del que s'esperava.

Però un sentiment de culpa la va envair, com si acabés de vendre el cos i la sexualitat per diners fàcils.

Això la feia sentir impura i bruta.

"No sóc una puta", va deixar anar, i després es va penedir a l'instant.

"No he dit mai que ho fossis".

"Ho sento", va respondre ella. "Realment estima tot. Però mai he fet servir el meu cos així, ja saps, per guanyar diners".

Paul va sacsejar el cap, decebut amb si mateix.

"No ho sentis. Això és culpa meva. Vaig ser apressat amb tu. No t'hauria d'haver demanat que modelessis per a mi".

Cristina es va aixecar i es va arreglar el vestit.

"Ho vaig gaudir", va dir. "Realment ho vaig fer. Però va ser una mica estrany per a mi. Potser ho podem fer alguna altra propera vegada? Només una mica més lent".

"No ho crec. Això clarament no és per a tu".

Cristina va fer una mirada tímida mentre la sensació de l'orgasme encara fluïa pel seu cos.

"Prepararé el teu dinar ara", va dir.

"Puc fer-ho jo mateix. Pots anar-te'n".

Ella va assentir obedientment.

"M'alegro que hàgim fet això".

"Jo també", va respondre. "Però mai hauríem de fer això una altra vegada. Ens veiem dilluns".

Cristina va assentir, sabent que Paul ja havia pres una decisió ferma.

Ara hi havia una subtil incomoditat entre ells.

Després d'intercanviar algunes paraules més, es va anar preguntant què estaria pensant Paul d'ella.

TERCERA PART
EL NOU TREBALL

42

CAPÍTOL 12

Més tard aquella mateixa nit.

Cristina es va asseure davant del seu ordinador i va buscar maneres de sol·licitar nous clients.

Va enviar almenys una dotzena de correus electrònics a diferents companyies per promoure el seu negoci de càtering.

No esperava gaire resposta, però valia la pena intentar-ho i no tenia res a perdre.

El telèfon va sonar.

Era la seva mare que la que trucava per revisar novament.

Van fer la seva xerrada habitual i no hi havia gaire cosa a dir.

"Dirigir el meu propi negoci és difícil", es va lamentar Cristina.

"Esperaves que fos fàcil?"

"No sé què esperava. No m'importa treballar dur. M'encanta cuinar per a altres persones. Però, Déu, necessito més clients".

"En la meva experiència, el negoci és qui coneixes", va respondre la seva mare. "Molts negocis provenen de connexions personals. Així que surt i tracta de conèixer gent nova en lloc de buscar en línia".

"Té sentit, suposo".

"Suposo? Quan m'equivoco?"

"No ho sé."

"No sonis tan deprimida, Cristina", va dir la seva mare. "Molta gent lluita amb un nou negoci. Només ho continua intentant".

"Gràcies mare."

"Com van les coses amb Paul? Encara et paga generosament?"

"És complicat", va sospirar Cristina. "Però sí, ell encara paga bé".

"Sembla un paio complicat".

"No en saps ni la meitat".

Hi va haver una pausa al telèfon.

"Ha intentat alguna cosa amb tu?" va preguntar sa mare amb cautela.

Cristina es va afanyar a mentir.

"De cap manera. Per descomptat que no".

"Pots dir-me la veritat. Estic aquí per a tu".

"Mama, ell no és del meu tipus. Si alguna vegada fes un moviment, el copejaria al cap amb el que hagi cuinat aquell dia".

"Això sona com l'esperit de Cristina que conec", va riure entre dents la seva mare.

"Hipotèticament parlant, i si ho fes? Vull dir, com et sentiries sobre això?"

"Si Paul fes un moviment?"

"Sí", va respondre Cristina. "Com et sentiries?"

Hi va haver una altra pausa a la línia.

"Suposo que depèn de tu. Si et va convidar a sortir, aquesta és la teva decisió".

"De veritat?"

"Aquesta és la teva decisió, Cristina. Però si ell intentés tocar el teu darrere a la cuina, llavors et suggeriria que aboquessis una mica de la teva famosa salsa calenta sobre el seu cap".

"És clar que sí", va respondre Cristina amb una veu sarcàstica.

"Sembla que tens alguna cosa al cap".

"Ja no. Gràcies mama, ets la millor. T'he de deixar".

"Adéu t'estimo."

"Jo també t'estimo la mare".

La trucada va acabar i Cristina es va recolzar a la seva cadira.

Va pensar en Paul i l'orgasme que va rebre aquell dia.

Encara recordava els sentiments vívidament.

Cada toc, cada emoció.

La sensació de la fusta dura contra el cos.

La sensació de la mà de Paul contra el seu cony.

I, sobretot, l?orgasme.

La dominació mai no va ser la seva, però es va sentir bé.

Va buscar en línia i va buscar diferents termes.

La va fer sentir com una estudiant universitària novament mentre investigava.

Va fer diverses cerques sobre l'esclavatge i els seus plaers.

Ella va mirar diverses imatges.

Això la va excitar de nou i va lliscar una mà per les calces.

CAPÍTOL 13

Dilluns al matí.

Cristina va fer un esforç per veure's bé quan va anar a casa de Paul.

Portava un vestit blau i els cabells estaven ben pentinats.

Paul no va prestar gaire atenció a la seva aparença quan va obrir la porta per deixar-la entrar.

"Podem parlar?" Cristina va preguntar. "Sobre negocis vull dir".

"Per descomptat."

"Genial. Espera".

Cristina va posar el menjar a la cuina i va anar a la sala d'estar espaiosa on Paul s'havia assegut.

Ella es va asseure davant seu.

"He estat pensant molt durant el cap de setmana", va dir. "Sobre la nostra relació".

"Jo també", va dir, sense deixar que ella acabés els pensaments. "Crec que hauríem d'acabar amb això. Per mi és clar que la nostra relació comercial s'ha vist compromesa. Ja he començat a buscar un reemplaçament per a les necessitats de casa meva".

Cristina es va quedar congelada per un moment mentre les notícies li enfonsaven lentament.

"Què? No. Això no és el que volia".

"Crec que és el millor", va respondre. "Ets una jove brillant. Trobaràs el teu lloc en aquest món".

La mirada atònita va romandre a la cara. "

Això no és el que esperava escoltar. Vaig pensar que la nostra conversa seria molt diferent".

"Que estaves esperant?"

"Vaig venir aquí per dir-te que estava interessada a continuar, ja saps, el que vam fer divendres passat".

Ell va arquejar una cella.

"De debò? I per què vols això?"

"Realment ho he de dir?"

"Sí."

Ella va respirar profund.

"Òbviament gaudeixo treballant aquí. Gaudeixo dels beneficis. Crec que ets un gran cap, el millor que podia tenir. I el que vam fer la setmana passada, a la sala, realment em va agradar. Crec que al principi tenia por, però vaig pensar molt , i no m'importaria si continuem".

"Interessant."

"Això creus?" ella va preguntar.

"No ets tan tímida com pensava. Mai no hauria esperat que vinguessis i em diguessis directament aquestes coses. Estic impressionat".

Ella va somriure, "gràcies".

"Què hauria de passar després?"

"No ho sé", va arronsar les espatlles matusserament. "Això depèn de tu. Però m'agradaria que la nostra relació comercial continués".

"Sigues valent, Cristina. Digues-me què passa després. En aquest mateix minut. Vull saber què tens al cap. Sorprèn-me".

Ella va reunir el seu coratge i va donar a Paul una mirada de determinació.

Els seus llavis es van estrènyer i el seu nas es va encongir lleugerament.

Els seus ulls estaven fixos en Paul, que estava estoic, esperant que ella fes alguna cosa audaç.

Cristina es va aixecar i es va raspallar el vestit amb les mans.

Els seus dits es van embolicar al voltant dels tirants del vestit.

Va apartar les corretges i va moure el seu cos, permetent que el vestit caigués a terra.

Es va parar davant de Paul en la seva sustentació blanca i calces, amb el seu bell vestit al voltant dels seus turmells.

"Què estàs fent?" va preguntar sense emoció.

"Estic mostrant la meva dedicació a la feina".

"Potser m'has entès malament. No crec que sigui el camí correcte per a tu".

"No m'estàs dient que pari", va respondre ella. "I tampoc t'escolto queixar-te".

Els ulls de Paul van vagar pel seu cos escassament vestit.

Ella tenia una constitució mitjana, una mica prima.

Pits petits i malucs estrets.

Estava clar que poques vegades feia exercici ja que el seu to muscular era feble.

"Ets força atractiva", va assenyalar.

Es va treure el vestit i va fer diverses passes cap endavant fins que es va aturar directament davant de Paul.

"Aquí hi ha el tracte", va dir amb valentia. "El nou tracte. Seré la teva proveïdora exclusiva. També seré el teu model quan creguis que sigui necessari. Pots fer que em corri si vols. Si em sento realment bé, et tornaré el favor gratis".

Ell va aixecar una cella.

"Em tornaràs el favor?"

"Et faré que et corris. Gratis. Jo no sóc una prostituta. Pensa en això com una gratificació d'una receptora agraïda".

"Sona com una relació comercial inusual".

"Ja hem creuat la línia de totes maneres", va dir.

"Hauré de considerar-ho".

Cristina es va ajupir i va agafar el canell de Paul, portant la mà a les calces.

Ell va tocar l'exterior de les calces i es va fregar entre les cames.

"Pensa ràpid", va dir ella. "Si no, retiraré l'oferta".

Ell va fer un somriure a mitges.

"La nova i audaç Cristina. M'agrada".

"A mi també."

Paul va pressionar els seus dits amb més força contra les calces de Cristina.

Ella va gemegar pel toc calent.

Ella va gemegar encara més quan Paul va lliscar la seva mà dins de les seves calces, tocant el seu cony nu.

Estava excitada, i no hi havia dubte sobre això.

"Estàs mullada", va notar, mirant-la.

"Ho sé."

"Treu-te la sustentació. Deixa'm veure't".

Cristina va estendre la mà per descordar-se el sostenidor i el va llançar al sofà.

Els seus petits pits turgents van ser alliberats.

Els seus mugrons eren rosats i petits.

Es van endurir ràpidament per l'aire fred i l'excitació sexual evident.

Ella va resistir l'impuls de cobrir-se els pits amb les mans perquè sempre s'havia sentit insegura sobre el pit.

Però ella va intentar ser valenta i va empènyer el pit cap endavant.

"T'agraden?" ella va preguntar.

"M'encanten els pits de cada dona. Cadascú és únic i especial a la seva manera. El teu no és una excepció. Són encantadors".

"Gràcies Senyor."

" Senyor?" va preguntar retòricament. "Crec que saps què m'agrada."

"I què t'agrada?" ella va preguntar tímidament.

"Propietat."

"Oh..."

Paul va usar les dues mans per estirar les calces de Cristina al pis, deixant a la noia completament nua, de cap a peus.

Es va posar dreta i va prendre Cristina de la mà.

"Segueix-me", va dir. "Hi ha alguna cosa que m'agradaria mostrar-te".

Va conduir la Cristina pel passadís mentre sostenia la mà d'una manera romàntica.

Cristina estava nerviosa, però va seguir el pas.

Ella sabia que es dirigien cap a la sala d'esclavatge.

La idea la va fer excitar-se i posar-se nerviosa.

La porta estava entreoberta i Paul la va obrir.

Va encendre els llums i van entrar.

L'aire estava fred, cosa que va fer que els mugrons de Cristina estiguessin encara més durs.

La seva mirada passo al seu voltant i es va preguntar què havia planejat Paul.

"Tens un nou conjunt de responsabilitats", va dir Paul. "Espero completa obediència. T'espero nua en tot moment. Entès?"

"Si entenc."

"Inclina't sobre la taula", va dir. "Sobre el teu estómac. Et lligaré. Vull que tornis a córrer-te".

"Sí senyor."

Cristina va mirar la taula intimidant.

Era una taula diferent de l'anterior.

Però semblava igualment incòmode i dolorós.

La fusta semblava vella, i el marc de metall també.

No tenia cap sentit queixar-se.

Ella va fer el que li va dir i va posar els pits nus i l'estómac sobre la taula de fusta.

Va ser més incòmode del que s'esperava.

La fusta estava freda i el picava als sensibles mugrons.

Els seus ulls van mirar a terra.

Va sentir Paul caminant per l'habitació abans d'acostar-s'hi.

"Et lligaré", va dir. "Relaxa els braços i les cames. Aquest és un procés simple si estàs tranquil·la".

"Bé."

"Estàs segura que vols això?"

"Sí", va respondre ella.

"Per què?"

"Perquè em vull córrer de nou".

Cristina no va rebre resposta.

En canvi, va sentir que Paul lligava cadascun dels seus turmells al fred marc de metall de la taula.

Era incòmode i una mica aterridor.

Cada nus estava molt atapeït.

La corda era gruixuda, cosa que feia mal la seva pell.

El mateix procés es va realitzar als seus canells.

Cada canell estava lligat al marc de metall de la mateixa manera.

Quan va acabar, els seus turmells i nines estaven fortament lligats a la taula.

Estava de cap per avall amb l'estómac nu i els pits pressionats fortament sobre la superfície de fusta.

Era una sensació força aterridora saber que havia donat a Paul poder absolut sobre el seu cos.

Ella estava clara i completament indefensa.

Alguna cosa va colpejar el seu darrere nu.

Es va sentir dur, però alhora suau.

No n'estava segura de què era.

Aleshores va sentir els dits de Paul fregar el seu darrere.

"T'importa si et toco així?" va preguntar, sabent la resposta.

"No."

"Bé. M'agrada la teva pell. Ets molt tendra..."

La mà de Paul va vagar pel seu darrere, sentint cada corba.

Ell va fer massatges cadascuna de les seves natges amb les seves fortes mans.

Aleshores va sentir que una mica dur tocava el seu darrere de nou.

Tenia una superfície corba llisa.

"Què és això?" ella va preguntar.

"És un vibrador. Alguna vegada n'has fet servir un abans?"

"No."

"T'agradaria sentir-ho?"

"Estic oberta a això".

"Bona noia."

Un brunzit de sobte va sonar a l'habitació i va enviar un calfred per la columna de Cristina.

Els seus ulls van estar fixos a terra mentre escoltava el brunzit.

El seu cos es va sacsejar violentament en el moment en què el brunzit va tocar la punta del seu clítoris.

Va ser dolorós, de mala manera i de bona manera.

Ella va tractar de lluitar contra ella, lluitant contra les cordes, cosa que era inútil.

El brunzit es va aturar.

"Acabem això?" va preguntar.

"No. Si us plau, no. Deixaré de moure'm".

"Controla't Cristina".

El brunzit va tornar quan el vibrador es va activar novament.

Va tocar el seu clítoris, i Cristina va fer tot el possible per romandre quieta.

Va lluitar contra els impulsos de lluitar mentre acceptava la sensació de vibració contra la seva àrea més sensible.

Va fer que els seus dits es corbessin violentament.

Va estrènyer les dents quan va tancar la mandíbula.

Els seus punys es van estrènyer fortament.

Tenir el seu clítoris torturat amb un vibrador era l'última cosa que esperava.

Zumbó i zumbó.

La punta del vibrador es va sostenir contra el seu clítoris fins que va pensar que explotaria.

Just abans que ella estigués a punt de cridar d'agonia, Paul va moure el vibrador i el va empènyer dins del cony.

Va ser un sentiment surrealista.

Havia passat molt de temps des que l'havien penetrat amb alguna cosa més que els dits.

La vibració dins del seu cony era una barreja de dolor i plaer.

Paul hàbilment va empènyer i va estirar la joguina sexual.

Cristina va fer tot el possible per no cridar.

"T'estàs divertint amb això?" va preguntar de broma.

Cristina va panteixar.

"Jo... jo... uh..."

"Si o no?"

"Sí! Déu, sí".

Paul va empènyer el dispositiu encara més dins del cony de Cristina, fent-la panteixar més.

Estava gairebé sense alè quan va entrar al seu cos del tot.

Els seus braços i cames van estirar les cordes, però va anar en va.

Estava atrapada amb el poderós vibrador dins la seva vagina humida.

"Estàs a prop?" va preguntar.

Ella va lluitar per les paraules.

"Si gairebé..."

"Corre per a mi, nena".

El vibrador va ser empès i jalat dins del cony de Cristina sense pietat.

Ella va intentar relaxar el seu cos, cosa que sempre li facilitava l'orgasme.

Ella va fer tot el possible per relaxar els músculs vaginals de l'estirament, permetent que Paul se sortís amb la seva.

El seu orgasme era imminent a causa del vibrador.

I era un orgasme diferent de tots el que havia sentit abans.

Estar lligada i fuetejada mentre un objecte vibrant empenyia dins del seu cony era una combinació potent.

Els dits dels peus de Cristina es van arquejar més i els punys es van estrènyer més fort.

Cada múscul del cos es va contreure.

Els seus jadeus i gemecs es van tornar més durs.

"Oh, Déu meu... Oh, Déu meu... Oh, Déu meu..."

De cop i volta, el dispositiu es va canviar a una velocitat més alta i les vibracions es van fer molt més fortes.

Cristina va cridar per la poderosa vibració en ser empesa i jalada al seu cony.

Ella va plorar.

Després va sanglotar incontrolablement quan va arribar al clímax.

Una onada de fluids va brollar de l'interior del seu cony, fent un desastre a la taula i deixant un toll al pis dur.

Més embranzides van venir del vibrador de potència fins que els fluids es van aturar.

Paul va retirar el vibrador del cony de Cristina, que va fer un fort brunzit.

Després ho va apagar.

Quan l'assalt vaginal finalment va acabar, el cony de Cristina era un desastre gotejant.

La seva humitat era com un petit riu orgàsmic.

El seu cony brillava pels fluids vaginals.

La taula estava mullada.

I els fluids queien a terra com una aixeta que degota.

Cristina a penes estava conscient mentre recuperava lentament les maneres.

Va ser, de molt, el millor orgasme que havia experimentat a la seva vida.

Va sentir els passos de Paul apropant-se al cap.

Paul es va inclinar i va fer un petó als cabells.

Es va preguntar per què en Paul encara no l'havia desfermat.

"Estem... hem... acabat..." se les va arreglar per parlar.

"Encara no. Recordes la teva promesa?"

"Quina?" ella va gemegar.

"Vas dir que, si feia que et correguessis, llavors em tornaries el favor. Aleshores, com es va sentir el teu orgasme?"

"Un... fotut... increïble", va deixar anar.

Paul li va somriure.

"Bona noia. Ara, tens ganes de tornar- me el favor?"

"Sí senyor. Em deslligarà?"

"M'agrades en aquesta posició".

Cristina va escoltar el so dels pantalons de Paul en obrir-se.

Ella sabia exactament què volia Paul.

Seguia dret al costat de la cara, cosa que significava que no estava interessat a cardar-la, almenys no en aquell dia en particular.

Va mirar cap amunt quan Paul es va acostar a la cara.

Ella va veure la seva polla dura apuntant directament els seus llavis.

Era obvi allò que volia.

Amb un cor luxuriós, Cristina va obrir la boca mentre Paul feia un altre pas endavant, entrant entre els seus llavis.

No hi va haver cap procés de sentiment i no hi va haver temps per adaptar-s'hi.

Paul simplement va empènyer els malucs cap endavant perquè Cristina pogués xuclar com ho hauria de fer una bona submissa.

"Déu meu. Tens els llavis com d'un àngel", va dir, impressionat pel que sentia a la seva polla.

El sexe oral mai no va ser cosa de Cristina.

Mai va ser molt bona en això, i mai no va ser la seva preferència fer-ho.

Però amb Paul, estava ansiosa per complaure'l.

Especialment amb la poderosa sensació orgàsmica que encara fluïa pel seu cos.

La seva manca d'habilitats no era un problema ja que el seu cos encara estava lligat a taula.

Paul va fer tota la feina, empenyent suaument els malucs d'una banda a l'altra.

Tot el que necessitava era una boca càlida per follar.

L'únic que Cristina va haver de fer va ser mantenir els seus llavis estrets al voltant del membre dur de Paul i xuclar.

"Fotre, em correré", va grunyir Paul. "I t'ho empassaràs".

El seu sentit de comandament era excitant per a Cristina, per una raó que ella no podia entendre.

Va sentir les mans de Paul fregant el seu cabell mentre xuclava.

Va sentir que el seu membre es tornava encara més rígid dins de la boca.

Ella va fer tot el possible per fer servir la seva llengua al seu membre, que sempre li havien dit que se sentia bé.

La polla s'enfonsava a la boca, cosa que la va fer tenir nàusees.

El reflex nàuseós era terrible.

Però Paul imaginava quant Cristina era capaç de suportar, de manera que mai va pressionar massa.

Era el senyal d'un professional, va pensar per a ell mateix.

Ella va observar com Paul s'acariciava a l'orgasme, mentre la punta de la seva erecció encara era dins de la boca.

Ella va mantenir els seus llavis ben tancats al seu voltant.

Paul va grunyir mentre l'acaronava furiosament.

Segons després, la seva llengua estava coberta amb el semen de Paul.

Raig després de raig.

Tenia un sabor diferent.

Ella va empassar saliva per evitar que la seva boca es desbordés.

Segons després, el full de semen es va aturar i Cristina s'ho va empassar tot.

"Déu meu", va dir Paul, traient la seva polla de la boca. "Això va ser meravellós. On vas aprendre a xuclar així?"

Es va encorbar per un moment, abans de posar-se dret per tancar els pantalons.

Després es va ajupir per deslligar Cristina.

Quan va ser alliberada, es va acariciar les seves pròpies nines i turmells, que tenien marques de color vermell fosc.

Ràpidament es va adonar que encara estava completament nua i que ja no li importava.

Li agradava estar despullada davant de Paul.

"Realment vaig gaudir tota l'experiència", va assenyalar amb confiança.

Paul li va tocar el coll i li va fer un petó al front, després més a les galtes.

Finalment, va plantar diversos petons als cabells.

"Jo també. La nostra associació funcionarà molt bé. Pensa en totes les possibilitats que podem compartir junts".

"Ho sé."

"Ets com una papallona, creixent davant dels meus propis ulls", va dir.

"Tot és per culpa teva", va somriure. "Ara, si em disculpes, vaig fer una cosa molt especial per dinar. T'encantarà. Estic segura que has obert la gana, així que millor el prepararé ara".

Cristina es va aixecar i va caminar nua cap a la porta.

Hi havia confiança en caminar.

A ella li encantava estar nua.

Va ser divertit.

Els fluids gotejaven per les cames.

El sabor del semen encara era a la boca.

Després, es va aturar quan va arribar a la porta, i es va girar per mirar Paul, orgullosa del seu cos nu.

Ella li va dir que no es preocupés pel desastre a la sala, que el netejaria més tard.

Era part dels seus deures acabats de descobrir.

TRAÏCIONADA

CAPÍTOL I

Becky va sentir el soroll de la clau al pany.

Va baixar corrents les escales, va encendre la llum del passadís i va obrir la porta.

Jack era allà sota la pluja, amb la caputxa posada sobre el seu cap, la clau es va aturar a la mà mentre els seus ulls foscos la miraven fixament.

"Oh, Déu meu, has vingut", va dir Becky amb alegria.

Ella va saltar cap endavant i va passar els seus braços al voltant de les espatlles abraçant-lo , sentint la pluja que cobria el seu abric filtrar-se a la part superior de la roba tan ajustada.

A ella no li feia res.

El seu home era aquí i això era tot allò que importava.

Ella va alliberar Jack d'abraçada efusiva i va posar les mans xopes a la cara.

La seva expressió seriosa no havia canviat.

"Què passa?", Va dir ella.

"Necessitem parlar."

Becky va sentir que el seu estómac s'estremia, però es va fer de banda per deixar que Jack entrés i es treugés les botes mullades.

Va entrar a la sala d'estar, fregant-se els braços nerviosament mentre esperava que Jack li donés les males notícies, fossin les que fossin.

A continuació, va entrar ell a la sala d'estar, fins i tot amb una expressió greu a la cara demacada.

"Posa'ns una copa per favor", va dir.

Becky es va acostar al carret de licors i va servir dos brandies .

Li tremolava la mà quan li va estirar un dels gots i va beure el seu ràpidament.

Jack es va acostar a la butaca amb els mitjons força humits.

La imatge que donava així era una mica còmica.

Ella s'hauria rigut si no fos perquè el moment era força tens.

Ell es va asseure a la vora del seient, sense acomodar-se, sense treure's l'abric mentre es preparava per donar les males notícies.

Va prendre un gran glop de brandi abans de parlar.

"Ella ho sap tot sobre nosaltres", va dir després de prendre el licor amb un sospir final.

Becky va sentir que els seus genolls s'afeblien, el seu cor s'accelerava.

Es va servir una altra copa de brandi.

Va caminar cap al sofà que estava davant de Jack i es va asseure.

"Com?" Va dir després d'un altre glop del líquid tebi.

"Li vaig dir."

Becky va arrufar les celles.

"Li vas dir? Per què diables?

"No vaig poder aguantar més".

Becky es va aixecar.

"Si us plau digues-me que estàs fent broma, Jack".

Ell va sacsejar el cap negant-ho.

"Per què diries a la teva dona que estàs enganyant-la?"

Jack va aixecar la vista de sota les seves poblades celles que li feien semblar com un entremaliat cadell.

"No la vaig poder veure estant indiferent i tranquil·la mentre continuava amagant el nostre brut secret".

'El nostre brut secret Això és tot el que és per a ell?' Va pensar Becky.

"Bé, què va dir ella?", va dir Becky, fent com que no havia escoltat l'últim comentari mentre caminava de banda a banda de l'habitació.

"Ella està disposada a donar-nos una altra oportunitat. Si això s'atura".

Becky va deixar de caminar i va mirar la cara de Jack.

"Ens? Vols dir que tu i ella estan junts després d'explicar-ho?"

Jack va assentir.

"Et deixaràs així sense més? Perquè ella ho diu?"

"Ella és la meva dona."

"I què era jo?"

"Tu saps el que era això. Et vaig dir que mai deixaria la meva dona. Això sempre va ser sexe entre tu i jo".

'Tu saps el que era això. Passat. Ja havia acabat a la seva ment. Com m'ha pogut fer això?'

Tot i que ell havia dit que mai no deixaria Mary, Becky pensava que ho podria convèncer que ella era realment la dona que ell necessitava.

I no és així?

Semblava que no.

Jack havia acabat la beguda i s'havia aixecat per anar-se'n.

Becky s'hi va acostar.

"Això és tot, llavors?", Va dir ella, mirant-ho amb enuig. "M'ho deixes caure així i te'n vas?"

Jack va sospirar mentre l'apartava per dirigir-se cap al passadís.

"Becky, tinc fills", va dir, exasperat ara.

Oh, no, ell no sortiria així de fàcil d'això.

Abans tot eren complerts i missatges burletes i eròtics, amb molts petons al final per tenir-me encantada.

Això és el que fan tots, per obtenir allò que volen.

Després, quan ja n'han tingut prou, es posen a la defensiva i intenten desfer-se de tu.

El veritable rostre de Jack es mostrava ara.

Ella no havia estat més que una peça de carn per a ell, una agafada fàcil.

Una escòria.

Una puta.

Aquesta era la manera com els homes sempre l'havien tractat. Jack no seria diferent.

" I això què? Molta gent es divorcia avui dia. Els nens ho superen. Segueixen tenint els dos pares ", va dir ella amb fredor.

"Són nens, Becky", va dir Jack. "Necessiten una família. Seguretat. Un pare que sempre és a prop. No un que apareix un parell de vegades a la setmana".

I jo què? va pensar ella una mica egoistament.

La dona que no pot tindre fills.

La dona que sempre i sempre serà permanentment estèril, incapaç de donar una família a un home.

El fenomen.

La rara.

La que només és bona per divertir-se, per fotre.

Qui l'estimaria realment?

"Aniré a casa teva", va amenaçar. "Li diré el que vam fer. Com em vas portar al bosc en el teu cotxe i em vas follar al seient del darrere. On els seus fills se sentin cada dia en el viatge a l'escola. Com em vas portar al mateix restaurant on li vas proposar matrimoni a ella . A veure si ella canvia d'opinió llavors ".

Jack es va girar a l'entrada, els dits van deixar la caputxa que estava a punt d'aixecar sobre el cap.

"No ho faràs".

"Mira'm."

Becky va veure, per primera vegada, una mirada als ulls de Jack que havia vist en molts homes abans.

Fàstic.

El que havien tingut entre ells, el que fos que havia estat per a ell, se n'havia anat.

Ella sabia que mai no recuperaria això.

El seu llavi superior es va corbar quan es va col·locar la caputxa sobre el cap i es va inclinar per agafar les botes.

Becky va sentir que la calidesa s'esvaïa de la seva carn, tornava la freda sensació de quedar-se enrere.

Abandó.

Ella ho havia sentit massa vegades abans.

"No em pots simplement deixar, Jack", va suplicar, sentint el familiar raig de llàgrimes que sortia dels seus ulls.

"S'ha acabat", va dir bruscament, la veu enroscada per la ira.

"No em facis això, Jack. Si us plau!"

Ell va nuar l'encaix de la seva bota i es va redreçar, mirant-la des de sota del refugi de la seva caputxa.

"No t'acostis a mi ni a la meva família mai més. Si ho fas, trucaré a la policia".

Va aixecar la mà i va deixar caure la clau al pis.

La clau que ella li havia donat amb l'esperança que ell veiés això com la seva veritable llar, on eventualment arribaria a viure en forma permanent.

Va ser l'última punyalada al cor.

Va estirar la porta i va fer un pas ràpid cap al jardí.

La Becky estava dreta al rebombori, amb les galtes brillant tenyides de llàgrimes sota la llum brillant del saló, observant com la seva alta silueta avançava gambades a través de la pluja.

Lluny.

De tornada a la família.

Fora de la seva vida per sempre.

CAPÍTOL II

Becky va mirar l'interior del seu got i va sentir que el cap li donava voltes.

El whisky va deixar un sabor agre i amarg a la seva llengua.

Amb els dits tremolant sobre el got, ella el va aixecar i el va llançar a la paret de la xemeneia.

Va xocar amb el mirall, fent que fragments de vidre explotessin i després caiguessin en cascada sobre el terra i la catifa gruixuda.

Ella va saltar del sofà i va marxar cap al telèfon.

Les llàgrimes van brotar dels seus ulls quan va agafar l'auricular, però es va dir que no ploraria més.

Ella es va mossegar els llavis, marcant amb determinació el nombre.

Després d'uns moments, va respondre una veu masculina brusca.

"Hola?"

"Harry, sóc Becky", va dir, sufocant la seva embriaguesa amb un esbufec.

"Becky? Jesús, per què truques en aquest moment? Són les dues del matí".

"Ho sento. És només que... necessito estar amb algú".

"Què? En aquest moment?"

"Sí."

Va sentir un cruixit a l'altre extrem de la línia, el cruixit de la gola seca per les cigarretes de Harry mentre es movia al voltant del llit.

"Realment m'estàs despertant per una pols al mig de la matinada?"

Becky va sentir un nus a l'estómac davant de les seves paraules.

I si ella realment no necessités algú per satisfer-se?

No obstant, a Harry no li importava això.

Només era un home típic amb només una cosa al cap.

Ella va aturar la temptació d'explotar.

"Per què no? És un moment tan bo com qualsevol altre ", va dir una mica agitada.

"He d'estar despert a les sis".

"I què? Pots dormir demà a la nit. I almenys aniràs a treballar satisfet en lloc de badallant".

"Estic destrossat ara mateix. L'única manera de no anar badallant a treballar és unes quantes hores més de son i no d'exercici".

Becky va pessigar els llavis frustrada i va agafar les cigarretes que estaven col·locades al costat del telèfon.

En va encendre un i va donar una llarga i profunda xuclada, després es va fregar la templa amb el polze mentre deixava anar el fum espès.

"Et faré el que vulguis", va dir, i la nicotina li va donar prou força per intentar seduir-ho.

"El què?", Va dir Harry.

"Et ficaré la meva llengua pel teu cul. Et menjaré com un home es menja una dona".

Hi va haver una pausa i va poder sentir Harry pensant a l'altre extrem.

No moltes dones estaven disposades a menjar el cul a un home i Harry tenia un anu particularment sensible, la seva llengua tenia la capacitat de fer que tot el cos d'ell es doblegués i cridés alhora.

Tot i això, semblava que realment estava cansat aquesta nit. Fins i tot això no va ser suficient per temptar-ho.

"Oh, Becky. No podries haver trucat a una millor hora?"

"Em posaré la meva corretja. Et donaré una llarga i dura follada Això és el que vols, Harry? Una. Llarga. Dura. Follada."

Harry sonava nerviós i agitat quan va respondre.

Becky sabia que a ell se li havia posat la verga dura com una pedra sota els llençols davant del seu explícit i fastigós coratge.

Però no importava amb què intentés temptar-lo, ell semblava que no es mouria.

"Ho sento, Becky. Hauré de passar. Què tal divendres a la nit?

Becky va veure el cendrer a la taula de cafè i va aixafar la cigarreta.

"Ets igual que tots els homes, oi? Creus que aniré corrent quan tu diguis. Bé, saps què, Harry? Pots fotre't tu sol. Aquesta va ser la teva última oportunitat i l'acabes d'arruïnar".

"Què ... Becky?"

"Adéu, Harry. Somni profund si pots. ¡Cony! "

Va penjar de cop el telèfon al receptor.

Becky es va asseure al llit per un moment, el seu cor accelerat, la seva sang bullint, un milió de pensaments diferents competint per la precedència dins del seu cap.

Com podrien fer-ho?

Una vegada i una altra.

I per què ella seguia deixant que ho fessin?

Caient en la mateixa vella trampa una vegada i una altra.

Ella sabia què dirien els psiquiatres.

No et valores prou.

Com pot esperar rebre respecte quan ni tan sols es respecta a si mateixa?

Bé, això és fàcil de dir per a ells.

Volen saber què és sentir-se una puta que deixa que els homes facin servir el seu cos com si fos un drap brut.

Una mare que es fotria amb els seus nuvis i deixava la seva filla sola a casa, freda i famolenca sense ningú qui la volgués.

Una dona que la va convèncer durant anys que el seu pare no la volia.

Que els havia abandonat per culpa seva.

Quan la veritat va ser que ell se'n va anar intimidat per la submissió a què era sotmès per ella i massa terroritzat per tornar al seu regne de terror.

Becky va enfonsar el rostre a les mans i va deixar que les llàgrimes inundessin els seus palmells.

Em vas deixar, papi.

Com vas poder deixar-me amb aquesta gossa psicòpata?

Ella es va asseure i es va obligar a si mateixa que les llàgrimes s'aturessin.

La tristesa esdevingué enuig com el canvi d'un interruptor.

El seu pare va ser un fotut covard.

Com tots els homes.

Caminaven controlats per les boles que es gronxaven entre les cames, però no tenien les ganyes per fer-les servir.

Només una dona ho podia fer.

El dolor era massa.

La Becky necessitava sexe.

Era l'única cosa que la calmaria.

El sexe calmaria el dolor que sentia per dins.

Dolor per no ser estimada i per ser rebutjada, que el feia sentir com una puta bruta i un sol ús.

Durant uns moments breus, un petó apassionat, un impuls luxuriós que la portés a l'orgasme, i se sentiria curada.

Tot bé de nou.

Estimada.

L'únic problema era que havia esdevingut una addicció.

I una vegada que tot havia acabat, després que els homes marxessin i tornessin amb les seves esposes oa la següent dona disposada a obrir les cames, aquest lloc fosc tornaria.

Fins a la propera solució.

Becky no podia suportar-ho més.

Ja n'hi havia prou.

Aquesta vegada algú pagaria.

CAPÍTOL III

La venjança és dolça.

O això diuen.

Becky va reflexionar sobre això mentre es raspallava els cabells llargs i negres al mirall del tocador.

Estava despullada, a banda d'un parell de calces negres adornades amb un petit llaç vermell.

Els pits de quaranta-tres anys eren tan ferms com els d'una dona deu anys menor que ella.

Era un dels aspectes positius de no poder tenir fills.

Ha mantingut la seva figura i els seus encants esplèndids durant més temps.

Quan les truges del raspall van lliscar pels seus cabells, va experimentar una calma que no havia sentit en anys.

Alguna cosa finalment s'estava generant a dins.

Ja no serà més una víctima.

Ella estava lluitant.

Ella seria una guerrera.

Es va eleccionar una barra de llapis de llavis vermell fosc del seu maquillatge i se la va aplicar amb compte als llavis, afegint una mica de plenitud donant un mil·límetre extra al voltant de la vora.

El color complementava el cabell fosc i la pell oliada, donant-li un aspecte lleugerament mediterrani que no podria haver estat més lluny de la seva herència britànica.

Ella va haver d'admetre que es veia bé.

Ella podria tenir una mica d'aspror a la veu per tants cigarrets i una infància de merda, per no esmentar la beguda, però sabia com presentar-se per tenir sexe.

Ella havia après aquesta habilitat de la seva mare, i quan es va adonar de com eren de dures les noies del nord, també havia après a usar-la per al seu benefici.

Les noies sexi tenien poder.

Podrien controlar els homes amb els seus cossos, la seva aroma i una mirada provocadora.

Quan la Becky ho va meditar, es va adonar que era el que li havia permès sobreviure durant tants anys.

Es va aixecar i va caminar cap al mirall de cos sencer.

Inclinant el seu cap a un costat, va fer fora els seus pits.

Va fer una ganyota amb els seus llavis acabats de pintar.

Sí, es veia prou bona per menjar una mica apetitós.

I per menjar-te també, va pensar amb un riure sensual.

Al llit hi havia un vestit vermell.

Curt.

Molt provocador.

Escot baix per mostrar els seus pits.

Ella va lliscar els seus peus descalços en ell i el va pujar al llarg del seu cos.

Mirant-se al mirall, ella es va girar i el va cordar.

Admirava la tela sedosa, arrugada als malucs, cosa que accentuava la seva forma típica de rellotge de sorra.

Al costat de la porta hi havia una filera de sabates de talons.

Becky es va acostar i va lliscar els peus en un parell vermell.

El color d?aquesta nit era escarlata.

Vermell per sang i assassinat.

CAPÍTOL IV

El taxista es va aturar fora del club.

Becky va notar que hi havia dues goril·les al costat de les portes.

Va pagar el taxista i va sortir al carrer il·luminat per la llum del fanal, l'aire suau tocant les espatlles nues mentre la música del club colpejava sota els peus.

Va tancar la porta del taxi i va caminar cap a l'entrada, col·locant la corretja de la seva petita bossa vermella sobre la seva espatlla.

Lloc de trobada era un modern club de cavallers que havia aparegut a la ciutat fa un parell d'anys.

Homes de totes les edats anaven allà amb els seus vestits més moderns, xops en ampolles de loció per després de l'afaitat, tractant d'atreure les noies del nord que acudien a la seva olor com a gosses en zel.

Becky no n'era l'excepció.

Però aquesta nit tenia la seva ment posada en un home en particular.

El lloc era un rusc d'activitat, ocupat per a una nit de meitat de setmana.

Una cantant estava actuant a l'escenari en un costat de la sala i el bar a l'altre estava ple dels paios més vells encorbats sobre gots de cervesa.

Homes i dones s'asseien en una gran àrea plena de taules al centre de la sala, xerrant i mirant cap a l'escenari.

Becky es va dirigir al bar i va trucar a un jove bàrman amb un tall de pèl estil pic de vídua.

"Ricky és aquí aquesta nit?", va preguntar ella.

El cambrer va assentir. "Enrere."

Becky li va fer un somriure i es va allunyar del taulell, notant que els ulls dels homes més vells s'hi havien mogut de les begudes.

Es va assegurar que tinguessin una bona vista del darrere mentre desapareixia per un corredor que conduïa a les oficines a la part del darrere.

Ricky Morris era l'amo de cinc clubs nocturns a l'àrea de Maine.

Havia guanyat els seus diners a partir d'uns tractes poc fiables als anys noranta i va obrir la cadena de clubs de cavallers que havia estat un èxit instantani amb els nois juganers del Nord.

També era conegut per treballar amb strippers i prostitutes, proporcionant clients i retallant els seus guanys.

Becky ho va conèixer fa dos anys en el llançament de *Lloc de Trobada*
.

De totes les dones atractives i noies maques que hi eren aquella nit, era a ella a qui s'havia acostat.

Potser va reconèixer alguna cosa de si mateix, un tret masculí que apel·lava a la seva naturalesa ambiciosa i emprenedora.

Una dona que no s'inclinaria ni adularia pels seus diners i bona aparença.

Una dona que jugaria dur per obtenir allò que volia.

Becky va trucar a la porta, però no va esperar una resposta.

En entrar a l'habitació, va veure una llampada de carn i va fer olor l'inconfusible aroma del sexe.

Una dona de vint anys jaia sobre l'escriptori, amb els pits nus exposats a través d'un vestit que encara estava embolicat al voltant de la cintura.

Ricky l'estava follant des d'una posició dreta, pantalons negres al voltant dels seus turmells, la suor brillant sobre el seu cap afaitat.

Va tornar el cap davant de la interrupció.

"Fotre." Es va apartar de la dona i la Becky va veure la seva gran polla, inflamada per l'excitació, relliscosa amb el suc de la dona.

Quan va veure qui havia entrat a l'habitació, va sospirar, es va inclinar i va pujar els pantalons.

La dona a la taula va cobrir els pits, intentant amagar la seva vergonya amb un riure sensual.

Petita guineu, va pensar Becky, caminant sense vergonya dins de l'oficina.

Ricky s'estava cordant el cinturó de cuir al voltant de la cintura quan va moure el cap perquè la noia se n'anés.

Tot cobrint els seus pits, va lliscar recatadament de la taula, va agafar les sabates de taló i va sortir de puntetes de l'habitació.

Ricky va caminar al voltant del seu escriptori, mirant a Becky de reüll, amb la cara vermella.

Es va treure un mocador de la butxaca de la camisa, es va eixugar el front i va ficar la mà en un calaix per recuperar una cigarreta platejada.

"A què dec el plaer?", va dir, obrint la caixa i traient una cigarreta de colors.

N'hi va oferir un a Becky.

Ella va mantenir els seus ulls mentre caminava cap a l'escriptori i prenia una de les cigarretes.

Era escarlata.

"¿ Comprovant la qualitat de la mercaderia de nou?", va dir, col·locant la cigarreta vermella entre els seus llavis.

Ricky va tancar els seus ulls blaus aguts mentre encenia la seva cigarreta i després sostenia l'encenedor per encendre el de Becky.

"Quin és el teu punt per interrompre'm, entrant aquí sense avisar?"

Becky va aspirar una mica de la cigarreta encesa.

Ella va expulsar el fum que s'arrossegava cap al sostre en un fil prim.

"Veig que has estat ocupat darrerament."

Ella va mirar cap a la taula amb un somriure.

Les impressions de suor on havien estat les natges de la dona encara eren presents a la superfície del vidre.

Ricky es va asseure pesadament.

Becky gairebé podia sentir el seu cor accelerar-se, la sang encara bombant al voltant del seu cos de la sessió sexual interrompuda.

Ell la va estudiar amb curiositat.

"Ja vas acabar?"

Becky va negar amb el cap.

"Llavors què? Noto alguna cosa diferent en tu ".

Becky va tirar enrere els cabells i va mirar la peixera gran que brillava darrere del cap de Ricky.

Peixos grans en un estany molt petit, va pensar amb ironia.

Ell podria tenir diners i poder sobre les dones, però assegut allà a la seva cadira sense tenir ni idea del que estava per succeir, era tan feble i patètic com qualsevol altre home.

"Suposo que ha de ser pel clima del mes", va dir secament.

Es va treure la bossa de l'espatlla i la va col·locar amb compte sobre la superfície de vidre que hi havia sobre la taula.

Ricky va mirar els seus moviments amb interès.

Va caminar al voltant de l'escriptori i va posar les natges a la vora dura.

Ricky va fer girar la cadira, es va inclinar cap enrere i la va estudiar.

"Estàs amb ganes", va dir amb atenció.

"Quan no ho estic?", va respondre ella.

Ricky va somriure.

A ell li encantava això.

Aquesta gana audaç i disposada per al sexe.

Especialment una dona.

Ho va posar dur en segons. Becky va esperar a veure que la seva polla tornava a despertar mentre movia el cos per mostrar els pits.

"Ets una puta", va dir Ricky. "Res t'atura, oi? Ni tan sols segons descuidats en una petita guineu.

"Ella era només l'aperitiu. Jo sóc el plat principal. El sexe real."

Becky va pujar el vestit per la cuixa i va lliscar els dits entre les cames.

S'havia tret les calces abans de sortir de la casa, així que tenia fàcil accés als llavis nus que tenia entre les cames.

Va mirar Ricky i va agafar una altra xuclada de la cigarreta.

L'embalum que seguia creixent als seus pantalons li va dir que planejava estar dins d'ella en segons.

El seu cony es va humitejar davant del pensament, intensificat pel coneixement que aquesta vegada la satisfacció seria més dolça que qualsevol altra.

Va posar les mans sobre la superfície de vidre, deixant empremtes enganxoses del seu cony mesquer, i va maniobrar fins a posicionar-se directament davant de Ricky.

Va posar tots dos talons als braços de la cadira, obrint les cames per donar-li la vista completa del que tenia entre les cames.

L'excitació va brillar a través dels ulls de Ricky mentre mirava cap avall i veia el dolç ocult sota el petit vestit vermell.

"Què se suposa que he de fer amb això?" Va dir sardònicament, aixecant la cella.

Amb els colzes sobre la taula, la Becky encara va aconseguir fumar mentre responia amb un somriure sensual.

Sense paraules.

Ricky va apagar el seu propi cigarret aixafant-lo sense vergonya sobre el vidre.

Va respirar a través de les seves fosses nasals, potser per obtenir un sabor perfumat del que vindria, amarant els seus llargs dits davant dels seus llavis.

"Et menjaré fins que el teu cony degoti a la meva boca".

Becky va sentir un formigueig a la vulva mentre estrenyia els músculs.

Ella sempre havia estimat un noi a qui li agradés menjar cony.

Ricky estava feliç de saturar la cara al seu suc, fent coses amb la seva llengua que l'enviessin a un altre lloc.

Seria la manera més humana d'anar-se'n, va pensar.

Una por eufòrica.

Les seves grans mans van tocar els genolls i va separar les cames encara més.

Becky el va mirar amb una fascinació ombrívola, avaluant l'excitació als seus ulls acerats.

Es va passar la llengua pels llavis de broma.

Becky va somriure sabent.

Aleshores, abans que ella pogués fer una altra cosa, el seu cap estava entre les cames i la seva llengua calenta i humida estava obrint-se pas dins d'ella.

El cap de Becky va caure enrere mentre panteixava de plaer.

"Oh, fotre".

Ricky va moure el seu cap voraçment, llepant la seva carn enganxosa.

Menjar, tastar, respirar la seva olor mescada.

"Deliciós", Becky ho va sentir dir amb el seu profund accent de Vermont.

Ni de bon tros anava a assaborir una cosa tan deliciós com la seva dolça venjança, va pensar.

Ricky va baixar la cremallera dels seus pantalons i va treure la polla, masturbant-la amb moviments ràpids i durs del canell.

Becky es va preguntar breument si ell preferia el seu cony a qui havia estat follant minuts enrere.

Aleshores ella va decidir que ja no li importava.

Tots els homes eren iguals.

Ximples del cul que abusen de putes i xuclen cons. Fins i tot si tinguessin la capacitat d'enviar-te a llocs que mai vas saber que existien.

La llengua de Ricky era divina!

Becky va mirar cap avall i va veure el brillant i rodó cuir cabellut pujant i baixant.

Aquest era el seu moment.

Prenent alè, va fer una pausa per un moment, després va ajuntar les cuixes en un moviment ràpid, tancant el coll de Ricky entre les cames.

Ell es va ennuegar i va intentar allunyar-se, però va anar en va.

Becky va ficar la mà a la bossa vermella i va treure un ganivet.

Ella va agafar l'empunyadura amb les dues mans i la va aixecar per sobre del cap de Ricky.

Ell va continuar balbucejant, agafant les cuixes per obrir-los.

Però ella no ho va poder fer.

Ella no podia deixar caure el ganivet sobre el cap.

Ara que el moment era aquí, ja no semblava una fantasia.

Se sentia com un malson.

Ella no era una assassina.

Ella no es podia convertir en una cosa que no era.

L'havien matat per dins i ella els menyspreava per això, però matar sang freda la convertia en una altra cosa.

La feia ser menys que ells.

Becky va alliberar la pressió de les cuixes sobre el cap de Ricky.

Va sortir del parany, panteixant i fregant-se el coll.

"Boja puta gossa", va cridar. "A què estàs jugant?"

Becky ja havia amagat l'arma a la bossa abans que Ricky escopiera la seva ira.

"Pensava que t'agradaria provar una mica una mica dur", va panteixar, fent tot el possible per amagar la por en la seva veu.

Ricky va apartar les cames i es va aixecar.

"No podria respirar!"

Becky va brincar amb el seu vestit i baixant de la taula de vidre.

Mentre estava dret, va notar l'expressió de dubte als ulls de Ricky.

"Oh, vaja", va dir ella. "Va ser una mica divertit".

Va aconseguir mantenir un somriure mentre el seu cor bategava frenèticament dins del seu pit.

Ricky no va dir res, buscant als seus ulls algun tipus d'engany.

Ell seria l'únic que tindria sang a les mans si sabés que ella havia planejat matar-lo.

Becky va caminar cap a ell i es va inclinar a prop de la cara.

Ella va besar la seva galta ruboritzada, deixant el seu llavi escarlata imprès a la pell.

"Ja n'he tingut prou per avui. Me n'aniré millor", va dir ella.

Va aixecar la bossa de taula i va caminar cap a la porta.

Podia sentir els ulls de Ricky clavats-hi.

Penetrant.

Acusatori.

"Espera", va dir.

Becky es va aturar.

El seu cor es va congelar.

Lentament es va girar.

El contorn fosc de Ricky estava vorejat per la brillant resplendor de l'aigua de la peixera mentre esperava que parlés.

"Voldràs els teus diners", va dir.

Becky va arrufar les celles.

"Quins diners?"

"Sempre pago a les meves noies favorites".

Becky va estudiar els seus ulls.

Què estava fent ell?

"No ho has fet mai abans".

"Ja és hora que ho faci".

Va agafar un talonari de xecs de l'escriptori.

Va treure un bolígraf de la butxaca de la camisa i va gargotejar alguna cosa.

Quan el va acostar a la Becky, va sentir que li picava el coll.

Ricky li va donar el xec.

Becky se'l va agafar i va mirar la quantitat.

Quaranta mil dòlars.

Ella va empal·lidir i va mirar Ricky amb incredulitat.

"Per serveis deguts", va dir.

Becky va mirar enrere la figura forta.

Quaranta mil dòlars.

Pagaria la hipoteca.

Ella podria aconseguir una interlocutòria nova.

Sortir a la superfície.

Comprar roba nova.

Sabates de disseny.

Ricky no somreia mentre la mirava estudiar el xec.

La mirada que el va dirigir va ser de preocupació.

La Becky va mirar nerviosament els seus ulls blau acer.

Ell sabia que ella havia intentat matar-ho.

Ell l'estava pagant.

Pren els diners, deixa'm en pau, no vinguis.

Ella no volia decebre'l.

Se les va arreglar per somriure i després es va tornar per sortir de l'habitació, la seva mà tremolosa encara sostenint la seva nova fortuna.

MILLOR UN TRIO

Tots tres ens arraulim al sofà veient una pel·lícula de cursi pel·lícula d'HBO.

Jo estava al mig, recolzada contra el meu xicot, Peter, i el seu millor amic, Ricky, el qual estava recolzat contra l'altra banda del sofà.

Peter va tornar el cap cap a nosaltres i va fer un comentari que no li importaria fer això del que havíem parlat abans.

Vaig mirar fixament la televisió i vaig veure com una dona se sortia amb la seva amb dos homes.

Ricky es va moure una mica al sofà.

"Sí, sembla que podria ser divertit". Vaig dir només mirant la pantalla i vaig riure entre dents.

El següent que vaig saber va ser que Peter va començar a passar les seves mans al llarg dels meus costats i va aconseguir la part inferior de la meva camisa, estirant-la.

Ricky es va acostar una mica i va començar a fregar la cama mentre em mirava als ulls.

Vaig sentir que tot el meu cos saltava sense moure's.

Peter em va asseure i em va treure la camisa, els meus pits descansaven al meu sostenidor d'encaix negre, els mugrons durs i empenyent contra la tela.

Després va pressionar el seu cos contra el meu, embolicant els seus braços al voltant de la meva esquena i amb un moviment del canell els meus pits estaven solts.

Peter va començar a xuclar-me els pits mentre Ricky lliscava les seves mans cap al botó dels meus pantalons curts.

Vaig sentir que m'humitejava quan Ricky va descordar els meus pantalons curts, en va tirar cap als malucs i les cames.

Per a la seva sorpresa, no portava calces.

Ricky es va llepar els llavis i va acostar la cara al meu cony mullat.

Jadeé quan vaig sentir la seva llengua penetrar els meus llavis i acariciar el meu clítoris, fent que Peter xuclar els meus mugrons amb més força.

Jo vaig lliscar les mans cap als seus pantalons i vaig començar a treballar per treure'ls-los.

Separo les cames encara més per donar a Ricky un accés més fàcil.

El meu cor va començar a accelerar-se quan el que estava succeint va començar a assentar-se al meu cap.

Mentre Ricky llepava afamatament el meu cony mullat i xopat, es va treure els pantalons i es va retirar a contracor per treure's la camisa pel cap.

Després, Ricky va començar a estirar els meus malucs, estirant el meu darrere fins a la vora del sofà, es va posar dret i vaig veure la seva polla dura i palpitant just abans de pressionar-la contra els meus llavis, fregant la longitud del meu clítoris inflat.

Quan Peter es va posar dret, es va treure la camisa i la va llançar de banda.

Després va pujar al sofà, la seva polla a centímetres de la meva cara, passant per sobre de les cames una de les seves.

Vaig gemegar quan Ricky va empènyer la seva polla dins del meu cony, omplint-me per complet.

Instintivament vaig prémer amb força al voltant del seu membre.

Vaig treure la meva llengua i vaig acariciar amb ella la punta de la gran polla de Peter, vaig inclinar el meu cap endavant i vaig embolicar els meus llavis al voltant del cap inflat.

Peter es va recolzar amb una mà contra la paret i va lliscar els dits de l'altra en els meus cabells, guiant suaument el meu cap mentre li xuclava la polla.

Ricky va passar les mans amunt i avall pels meus costats i va agafar els meus malucs, sostenint-me quieta mentre em follava.

Els meus gemecs es van perdre als seus.

Vaig començar a balancejar els meus malucs contra els de Ricky enfonsant la seva polla palpitant més profundament en el meu atapeït cony mullat.

Vaig començar a traçar l'interior de la cuixa de Peter, vaig portar la meva mà a les seves boles plenes de semen i vaig començar a fer-les massatges suaument, deixant-les rodar a la meva petita mà.

Vaig gemegar de nou, la meva boca completament plena per la polla de Peter.

Podia sentir el cap de la seva polla tocar la part posterior de la meva gola, amb el sabor del líquid preseminal a la meva llengua.

Peter es va tirar enrere, la seva polla encara bategant per la meva dura succió, va baixar del sofà, prenent la meva mà entre les seves.

Em vaig asseure i Ricky va treure la seva polla del meu excitat cony.

Peter em va portar a l'habitació, es va asseure al llit, va agafar els meus malucs primes i em va capgirar.

Ricky es va parar davant meu, acariciant la seva polla dura mentre Peter separava les meves natges.

Ricky després va agafar els meus malucs i em va ajudar a equilibrar-me mentre ajudava a col·locar-li la polla de Peter davant del meu atapeït foradet.

Els meus genolls es van pressionar contra els meus pits quan vaig sentir la polla humida de Peter pressionar contra el meu cul apretat.

Vaig gemegar quan la seva polla va penetrar lentament el meu cul.

Ricky va empènyer la part superior del meu cos cap enrere i va lliscar la seva polla novament dins del meu cony.

Inclinant-me cap enrere, amb els meus braços recolzant-me, el meu cul i el meu cony plens de polla, vaig gemegar en veu alta i em vaig mossegar el llavi inferior.

El dolor i el plaer provinents de la doble penetració era gairebé massa per manejar-ho.

Peter va lliscar la seva polla de vint centímetres fins al fons del meu cul, omplint-lo per complet i després va començar a moure els seus malucs.

Les seves mans al voltant del meu pit fent massatges als meus pits.

Ricky va bombar furiosament al meu cony calent i humit.

La seva respiració es va fer difícil i les seves mans als meus malucs em van sostenir al seu lloc.

Vaig prémer fortament al voltant de les seves dues polles, sentint que el meu propi clímax començava a créixer.

La polla de Peter es va inflar dins del meu darrere quan vaig prémer i va començar a cardar-me més ràpid, gemegant mentre ho feia.

Ricky va tancar els ulls i va començar a sentir aquesta calor familiar a la seva polla mentre la bombava constantment al meu cony.

Estava gemegant amb gairebé cada respiració, desitjant sentir-los explotar dins meu.

Vaig prémer més fort.

El cos de Peter va començar a tremolar sota meu mentre la seva polla explotava omplint el meu cul amb el seu espès semen.

Els seus gemecs es van barrejar amb els de Ricky i els meus.

Va embolicar els seus braços al voltant del meu pit amb força mentre el seu clímax aconseguia el seu punt màxim, bombant la seva polla a dolls dins i fora del meu apretat cul.

Quan Peter es va córrer al meu darrere vaig sentir que el meu propi clímax començava a fer que el meu cos es tensés i el meu cony es contragués al voltant de la polla plena d'esperma de Ricky.

Vaig començar a moure els meus malucs al ritme dels moviments de Ricky, volent córrer-me al voltant de la seva polla.

Vaig tirar el cap enrere i gemegava tan fort que gairebé vaig cridar quan vaig entrar en clímax, amb una polla a cada forat.

Ricky no va poder contenir-se per més temps, es va deixar anar amb la seva i va omplir el meu cony amb raigs del seu semen.

Tots dos tremolant, els nostres cops es van tornar més lents i els nostres gemecs es van suavitzar, disminuint els nostres clímax.

Ricky es va inclinar cap endavant, em va besar suaument i va somriure mentre treia la polla del meu cony i m'ajudava a aixecar-me del llit.

Peter es va aixecar ràpidament, es va aturar darrere meu, va embolicar els seus braços al voltant de la meva cintura i va besar la meva galta.

Ell va dir entre rialles:
"Sí, va ser divertit, de fet... "

FI

85